歌集　一匙の海　新装版

柳澤美晴

本阿弥書店

一匙の海　目次

原稿書字　野口　彩
装　幀　杉山健太郎

歌集

一匙の海

柳澤美晴

I

モノローグ

古書店に軒を借りれば始祖鳥の羽音のような雨のしずけさ

定型は無人島かな　生き残りたくばみずから森を拓《ひら》けと

塚本邦雄の訃報を告げる青年よシャツの格子のなかの棒立ち

煉獄と地獄のあわいあわあわと歌の生き餌として生まれ来ぬ

ＳＵＢＷＡＹのサンドイッチの幾重もの霧にまかれてロンドンは炎《も》ゆ

冷えた手のままに別れる青い鳥にぎりつぶしてしまわぬように

二番目に愛したひとと永遠に暮らすのだろう　塩のない海

学説は煙の影をうつす壁ほきほきと葦は踏み荒らされて

われという主語と引き合う述語あれ　あおい靴下脱がす／履かせる

鶏小屋の南京錠の錆びいた脊髄反射　まだ歌えない

鉛筆の記憶は悲し　手を得れば「愛されたい」と便箋に告ぐ

WATERFALL

ウォーターフォールおとこのうそに生じるとささやきふかく蝸牛をなぞる
なつみかん剝けばあらわになる記憶ぬるい房あり熱い房あり

前髪の触れあわぬ距離にきみはいて無菌操作のあやうさを言う

どこまでが友情だろう針のない裁縫箱に闇はあふれて

「先生」となって働くにちにちは糊の乾いた切手のように

みかんぽんかんきんかんきみのひとみからゆうぐれていくほうかごである

もう思い出にしようとしてる　路線図に蛍光のラインマーカーを引く

れんめんとおしよせてくる足音のめぐろにっぽりごたんだあの世

月光の折れる音する　愛せないくらいやさしいひとの踵に

血のめぐるはやさできみの記憶へと置き去りにされる体　さみしい

早足で来る十二月教科書の俳句のなかに雪を降らせて

日々とは循環小数にしてうみにふるあわゆきのごとくきみとであわず

自衛隊と地域とを分けるスーパーのちらしおそろし　薄く指切る

分かりあうというひと任せみずからの尾を噛むような悩みなれども

りるりるとアルトリコーダー上下する指やわらかく内耳をひらく

わたくしの体を借りて春風が肉《ろう》麻《ま》図《あず》譜《ふ》をえがいています

ロプノール

雨の朝どこへも行けるさびしさに傘はちいさく世界を弾く

火にかけたゼライス透けてくるまでの会えぬ時間を守りていたり

ティースプーン一杯の海　ただ一度きみを彼方《あなた》と呼んだ日が光る

われという異国に戻るたまゆらを踵に触れているロプノール

果たせない約束で日々は満たされるシロツメ草の花輪も枯れて

行くあてはないけど歩む　街の見る夢からすべりおちないように

晴天モザイク

生卵るいるい飲み干す父親を水たまりのごとく避けて暮らせり

仕事にて一つに束ねゆく髪のそれぞれ深き毛根をもつ

女生徒のこえほそぼそと　、　。　へ「走れメロス」のメロス走らす

夜をかけて夢を覗かれたるように頭の痛む月曜日くる

されど晴天モザイクごとに視聴者のひとみあかるくひらかれており

影に影かさねる首都に降りたちぬ放たれるべき火としてわれは

運命《さだめ》にも模写はあるかなひる過ぎのカフェテリアにて待たされている

簡単にひとをゆるしていた頃の丘を弔う風か　強くて

Ⅱ

地図にないみずうみ

地図にないみずうみに連れだちてゆく夕闇あおき歩道をそれて

道沿いに冬枯れたままの木が並びエゾオオカミの気配漂う

早春のカムイコタンにかかる霧　生家は常に異郷であった

妹にかばわれていた歳月よ氷砂糖のかけらが光る

ほの白く群れ咲いている水芭蕉せせらぎの音清きあたりに

生きなくていいとは誰ひとり言わず繃帯のごとく吐息ながれる

春楡の影をひろげてゆく水の海を知らない昏《くら》さなるべし

国道に装甲車が走るこの町のひとは笑顔のまま沈黙す

あるはずのない花の香につつまれて髪を濯げりきみもわたしも

うす闇にまたたく手足　くちづけの合い間にあわく呼吸をすれば

ほうたるになりゆく指をひとつずつなぞられている橋のたもとで

さびしさの骨格のごとく積み上げるセブンスターの細い吸殻

潮風に削られる崖　思春期をああ自然には笑えずにいた

満ち潮の函館駅で読み返す付箋だらけの『ルバイヤート』を

戦わぬ世代であると束ねられ日陰に吊るし置かれるパセリ

草原に膝がくずれてゆくように逢えないと告ぐ文字のなかなり

きみをなす無数の問いに眼をこらす素足にたまごのからふみしめて

花びらの奥に扉は蔵《しま》われて人よりも詩が先に死ぬこと

廃線の駅のホームにしゃがみこむ　薄荷タバコのけむりやさしい

夏空の底をふく風のさわさわとめまいのように揺れるラベンダー

ハルシオン舌やわらかく受け入れる夢のほとりにきみがいるから

はずれって書かれたアイスキャンディーの棒を供える少女のわたしに

水彩画めく街並みのあかるさに今日は眼鏡をかけずに過ごす

まばたきのたびに遠のく樹々があり神威《かむい》岬のはるかなひかり
パラフィン紙ごしに詩集のタイトルのかすかに透けて朝がはじまる

風の灯台

腕ひろく風を抱える蝦夷《えぞ》松を図書室にいて眺めるひとり

大学ノート一行ほどのうたたねに逢いたりきみの白衣が揺れる

履歴書に長所を綴る　朝顔の種のちいさな文字整えて

蝉の翅重ねたような日暮れどき逢いたきひとを影が連れくる

お互いの論文の虫食い箇所をチェックしている頬杖ついて

いじめ対策問われていたり雨雲のひろがる窓を背にしたひとに
窓ガラスもろとも割ってしまいたき空なり今日をどこへも行けず
必要とされるされない自意識の五十音図をはだしで歩む

くりかえし覚悟問われる悔しさは闇をつつみて連なるつぼみ

痩せてゆく言葉のために歌論書の青葉の厚み日々にめくるも

引用につぐ引用のモザイクのもろき光を競う詩人は

光りつつわれにつらなる詩語あれどうっすらとひとの指紋をのこす

押入れにこもったことがあり若き父の匂いのする闇だった

日にかざす採用通知　ふるさとを離れることにすこし怯えつつ

もう、きっと訪れはしまい　妹と青きレモンを搾る月日は

スカートにナイフを隠し持つような感覚がきみと話すときにも

眼裏にあふれる虹を告げたくて告げられぬまま抱きあうばかり

手の甲にむらぎもに火傷しながらも研究をきみは続けていくと

追憶に孔雀降り立ちかなしみの羽ざわざわと広げてやまず

死ぬときのようにひとりでダンボール箱にみっしりブラウス詰める

家を出てゆくわが影をすり抜けて燕は空に座標をもとめる

目をつむるように手紙の封をする札幌を去る電車のなかで

緑濃き神の社《やしろ》に曾祖父の名前を刻む開拓碑建つ

ひそやかに傷みはじめてしまう家具　ひとり暮らしの部屋へ運べば

夏の水やわらかし冬の水硬し白とうきびが母より届く

電話機へ指を落として夕闇に母のちいさき声呼び出だす

受話器から聞こえる母の声とおく千切れかかっているひつじ雲

ひだまりの木椅子磨けばくるるほうくっくうほろろ木目が浮かぶ

軒先に並ぶほおずき選ばれることのなかった明日のために

呼び捨てにする甘やかな声ひとつ灯台として暮らしてみたし

夢の缶詰

——BLANKEY JET CITY へのオマージュとして

バタフライナイフで開ける缶詰の切り口あらき恋ばかりする

サイダーの泡のあおさのひとときを分かちあう冷えたからだかさねて

生き方が詩であった日よガレージの隅で埃をかぶるバイクは

浅井健一に習作期なし炎天の獣舎に厚き氷を運ぶ

生まれることは壊れ始めることでしかなくジューサーに泡立つ林檎

漆黒のプラスティックの自転車できみを攫いに行くよ夢まで

硝子のモビール

先端の欠けてしまったピペットの春のひかりを束ねて捨てる

夕暮れは天使の羽を焼き尽くす時間とおもう空を見上げて

足首に認識票を付けたまま川に渡りてくる黒鳥が

フラスコにシロツメ草の挿してある研究室にきみを訪ねる

論文の反故うずたかく積み上げて研究室は古墳のくらさ

やわらかく花びら反らすむらさきのリラ散りかかる雨のベンチに

「存在のさびしさ」というう若き父の注釈ある詩を写す

水底の林を抜けてはつ夏の角しなやかにエゾ鹿が来る

詩のなかの海うつくしき町に行きしばらく会わぬ友に手紙を

膝頭さやさや見せて逢いにゆく日は薄羽のスカートをはく

雨だれのぽつんぽつんとくちびるがとろけかけてる輪郭を這う

痛みだけ覚えていたい夜がある灯台の灯をとおく見つめて

くちびるをわれの額に載せたまま髪の先まで眠るきみあり

颪《レラ》というやさしき音の吹き渡る北のみじかき夏に連れ立つ

正論は時に怒りを買うものかアカシアの葉が空を引っかく

対話するときの言葉もひとりごとめく夕暮れよ　燕が遠い

きみにわたしの望み重ねる切なさの籠いっぱいの汚れた白衣

先に寝ているねと綴る　化学式書きつけてあるノートの端に

葉脈が試薬に染まるやさしさで忘れられてもいいよきみには

バラ線にからむ昼顔かなしみを打ち明けられる友の少なさ

ゆく夏の sads sad と鳴く浜を歩む　水中眼鏡を提げて

心臓が硝子の箱におさまっている感覚が消えない　ずっと

昨日われが取り損ねたるほそき手のあまた生えている夢のなか

靴紐に蝶々むすびの結び癖あること寂し　すぐにほどける

既視感のある生き方であろうともガソリンの虹またいで駅へ

胸に耳押しあてて聞くせせらぎのきみの氷が融けてゆくのを

終章と序章のようにくちづけるガードレールに腰かけたまま
海に向く部屋の窓辺に飛行機のモビール吊るす風が止むまで

盟神探湯

ひややかな舌をかさねる　盟神探湯《くがたち》に花のはじめの手を差し入れて

新聞の論調に声濡らしつつまぶた扁《ひら》たきキリンのあくび

新しき波を切り裂く評論の滅菌済みの刃をおもう

昆布漁する生徒らにアルバイト届を書かす初夏の教室

蟷螂のみどりみだらにきみを食む想像をする職員室で

無花果の果肉に蟻はうごめきて何を詠みても他人の声す

わが生に著作権なし卵殻に消費期限の黒き刻印

くちびるで脱がせるきみの手袋のひやりわたしのほっぺにふれる

刺繡針ざむざむとわが内をゆきどこからどこまでがきみだろう

シュレッダーに裂かれる紙の快楽はいかほどきつく刃に巻きついて

新聞を十字に括る麻紐のあのひとの顔うかべば絞める

引用という牛乳のやわらかき皮膜にとわに守られていよ

蝦夷キリシタン殉教の地につながりて光る道あり　キタキツネ鳴く

世界をくるむシーツ

虚数いくつ連ねて書き継がれる史実　扉に釘の跡深くあり

あ／フリーズ／逢いた／フリーズ／いくらでも強制終了できる恋かも

すはだかをシーツにくるむ死んだことあるひとがだれもいない世界を

はらはらりはらんの続く夜の雨にねむることなき耳のさびしさ

きらきらの欲望を縛り上げてゆくリボンの端をカールさせつつ

鶏肉に塩をすり込む　法廷の再現ドラマの声聞きながら

かすかなるためらいの後てのひらにそっと切符を置く券売機

居間に射すひかりさやかに貝殻のボタンのありか照らしていたり

塩基配列と月

宛先に「廃墟」と書かれてある手紙五通くらいは届く気がする

罅ふかきガラスの指をからませてリラ冷えの夜を眠るふたりか

塩基配列ひとつ違ってもきみに逢えぬ不思議の世に照る月は

露しるき下草踏んでけものみち付けてくださいわたしの中に

夏雲に指紋をのこす術あるか考えているきみのベッドで

いい人でありたいだけの純白のレースのこころ裂いてやりたい

岬へといつか来ていた　こいびとの詩の行間を歩いていたら

発疹のレース模様よ病むことは愛よりもわれをうつくしくする

非常ベル鳴りっぱなしの二十代でしたと告げるニセアカシアに

さみしくてならない時にしんみりと垂れ下がるような長き耳欲し

散文に手錠

明け方に穂村弘の亜流来てぬたぬた冷めたうどんをすする

「トモダチニナリマセンカ」という腕が歌の句切れにひしめいており

詩人としてはもう晩年である彼の言葉やさしく聞き流すだけ

幾重にもいびつな線が押し寄せてきて晩冬に雨を降らせる

雨雲の分厚く垂れている午後を薬の壜の中に父あり

前衛短歌の伴走者　菱川善夫氏逝去

菱川さんとは二度お会いしたことがある。その内、一度は作品を読んでいただいた。痛烈な批評にいたく傷ついたことを覚えている。あれは、わたしが短歌においての初めて味わった敗北であった。甘い敗北かも知れないが。

数知れぬ針を詩史へと突き刺した評論家死す　北の果てにて

＊

近代の目には涼しい青き火よ　茂吉―赤彦往復書簡

寒夕焼け父を千人殺しても世界をおおうにはまだ足りず

散文化する性愛につややかな手錠をかけてくださいますか

曇りやまぬビニール袋　ぬくもりの残る骨・鰓・性器すてれば

二〇〇八年八月六日の炎天の日本にレイアウトされてわたくし

加藤治郎に眼鏡描き足す雨雲の切れ目のように瞳がひかるから

夏の夜のこんぺいとうのギザギザの固ささみしく舌傷つける

かわるがわる毛のやわらかなねこを抱く友の少なき父と娘と

翳りゆく詩学に秋はささやかな木の実を降らす枝しならせて

気の済むまで野原を駆けたなら犬よ天使の骨をくわえて帰れ

十字貼りされている箱に青年の父がもとめた思惟の葉がある

Ⅲ

包帯

常連の生徒数名　帰巣するように保健室に駆けこむ

傷ついてしまう子もいる一枚のガーゼ隔てて交わす言葉に

ぽろぽろとピアノと語る　生徒らが掃除をやめて出て行った後

同性としてのわたしを敵視する女生徒ひいふう　数えたくなし

理科室の机の端に刻まれて「キエロ」の文字の白々と照る

わたしにも花芽のようにやわらかな牙持つ思春期はあったけど

幾千の廃墟ひそめて青々と刷り上がりたる地図か　ひろげる

学校のいたるところに包帯が巻かれています　時に黄ばんで

花に牙ある

どのドアを開けても病室きりきりと修正テープ紙に走らす

二十年後に三千人消えるという予測降り積む海辺の町に

職場には居場所がないと思いつつ水飲みているみずに骨ある

Google の検索窓に亡き人の名前打ち込む「短歌」を添えて

『ひとさらい』繰りて眺める木の墓のごとく清しき一首一首を

では、きっと柩を満たす花だろう三十一文字が求めるものは

影重く垂らしてきみに逢いにゆく花に牙ある夕暮れ時を

焼け落ちてゆく古文書の字のように夕空にちりぢりに鴉は

三郎と眼鏡に名づけ三郎と語る少女が終電におり

手首つかまれくちづけられている夜を蓮のようにひらくてのひら

涙には「恋水」の表記あることをきみの辞典を借りて知りたり

戦時下の暮らしを祖父に訊いたことはるか夏休みの宿題として

理学書の栞代わりにされている　おととしのわたしからの手紙は

こっとんこっぺんこっぺりあ父の言動が耐えがたかった頃のわんぴーす

韻を踏む刹那わたしに少女期のすあしの細さ戻りくるかも

図書館の督促通知　亡き人に送られている一葉あらん

城戸朱理のブログの中で遠方に住む恋人と目が合う、まれに

メンデルのエンドウ豆にひかり降る春昼をゆくきみの歩幅で

血脈

剖《ひら》かれる白鳥として一本の道受け入れし故郷見下ろす

国道に肢《あし》ほそく立つ鹿の目の葡萄のようにに潤みていたり

ほくろとは孤島であるか一粒にひとり祖先が棲みついている

帰りくるたびに萎みている生家　敷石の罅をアリが行き交う

住宅ローン終わりに近きこの家の青痣いまだ消えそうになく

キッチンに母と並びて刻みゆく越冬キャベツのさみどりの嵩

かみ合わぬ父子の会話よ「どうだっていいって」と母がまとめるまでの

親指と距離を隔てる四本の指を悲しむ　まして父親

怒りより逸れてゆくのが躾なり家々に刃のひかり鎮まる

木の扉《ドア》を鎖《とざ》して父は眠りいる雨雲の密度増しくる夕べ

病巣に実体あらば骨断ちてやるのに金の斧の冷えゆく

憎むなら病をにくめと自らに言い聞かせおり肯えぬかも

医療費に削がれる年金　湿布薬貼り夢にても父は働く

遠雷を　わたしの父を社会から追ったすべての賢き者へ

重ねれば翳るガラス器慰めの言葉は最も父を損なう

すりむいたこころのままに逢いたいと親指で打つRe:《返信》メール

飼い猫に父への愚痴をこぼす間も和寒《わっさむ》訛りの敬語で母は

こだわりを捨てても楽にはなるまいよ林檎の種の断面白し

町を焼く火　林檎を煮る火　縄文の時代より火の色は変わらず

札幌にふかく食い込む川ありて溶け出す刃物のようなかがやき

職いまだ定まらぬままのこいびとと家を見に行く　屋根はウエハース

抱き寄せる力やさしくヤギのよう山羊は学者の面差しである

夕風にしなるコスモス　抱かれる痛みをきみは知らぬままいよ

歩きつつわたしの指輪を指先で確かめているきみは何度も

傷痕を誇るポプラはないだろう驟雨の後を道鮮《あたら》し

人間に喩えられたる草の穂の「悪し」「善し」両刃《もろは》の呼び名に揺れる

日焼けした父の背中に軟膏の綿雲を置く母のゆびさき

ちちのみの父に父たちひしめいてそう無重力に耐えているんだ

かさぶたを剝がしてごらん　うすべにの肉を透かして皮膚は息づく

みんなみへ渡る雁《かりがね》　血脈を茜の空のかぎりひろげて

言語野に降る

霜柱ぞっくんぞっくん生えてくる逢わずにすごす日々のめぐりに

天気図のきみ住むまちに風雪に倒されそうな雪だるま《スノウ・マン》いる

メール無精を責めるメールをうつときの言語野に雪ああ降りしきる

銀紙にくるまれているチョコレート一粒ずつに相聞歌あり

霜の夜の骨導音によって聞くわが声やさし「きらい」と言えど

吐く息に前髪こおる明け方をゆらゆら帰る科学者の群れ

雪原の風紋ごとの逢瀬かな　東雲《しののめ》の陽に輪郭あおし

ひかりさみどり

ひかる板割れて地下から生えてきたひとかぎりなく下ろすエレベーター

あばら骨見えるビル街　国家にも痩身願望あるのだろうか

歩きつつ本を読む癖　電柱にやさしく避けられながら街ゆく

処女歌集処女地処女雪しろがねの血液あらばうつくしからん

短歌結社の系図はさわに入り乱れわたくし児あり義兄弟多し

新聞社前の歩道を行き交えるひとびとの影だれも話さず
ひかり嗅ぐようにちいさくひらきてはちいさく萎むみどりごの鼻
いくたびも破れてはまた吹き寄せる北風に耳を尖らす、犬は

抱かれてあえかに散ってゆくわれのからだ一枚うすべに色に

なめらかに背骨をたどる指先に海溝はほそく泡をふきだす

張りつめている皮膚だった　みささぎをあまた匿う羽曳野の空

窓を打つもの土を打つもの雨音に遠近法のありて　眠りぬ

にくしみに雇用期限はありません　開けずに捨てるメール三通

キャベツにはキャベツの怒りまろまろとみずからを巻き締めて声なし

コンビニでしずかに朽ちてゆくものへバーコードほそき墓碑を並べる

何事も『万葉集』もて論破する茂吉翁の無茶ぶりや良し

コピー機のひかりさみどり官能は言葉刷られる前に潜みき

巻末に「をはり」と宣りて近代の歌集はくらき宙を閉じゆく

一滴のまだしたたらぬ詩のために傷口はきよく保たれてあれ

鉄鍋をふれば八十八人の農夫が舞えり好吃《ハオツー》炒飯《チャーハン》

雨雲ヒエラルキー

校門から玄関へいたる舗装路にうすごおりあおく張りつめてあり

昼月や制服の子をひとりずつ立たせて影と影のささめく

舌の上にカミソリの刃　私だけ特別であれと笑う世代の

「判決　無視」目を合わさずに生徒らが行き交う廊下　空気がひずむ

青あざに湿布を当ててすり傷の消毒をして悩みを問えり

等圧線こみあう空へ目をそらす教育相談開始五分後

（空に居場所がない水だろう）群れなして雲からしたたり落ちてくるのは

口つぐむ少女と向かいあう時を保健室への水圧強し

ほしいまま子を言い負かす母親をなだめつつゆく校門までを

子どもらの間のヒエラルキーわかりそうで分からずガーゼを畳む

「腹の底から叱らねばダメだろ」と体育教師がねじ消す煙草

酢の甕をゆすぐたまゆら遠き日の陰口ひとつ胸に熾《おこ》りくる

なくなりはしないいじめは　曇天を支える雲の万のきれはし

とりあえず言う「大丈夫」電話にて母に近況問われるたびに

いくたびの詩刑《しけい》を経れば少女期を生き直せるのだろうか雨よ

これは地震《ない》これは地震《ない》と唱えつつめまいをひとりやり過ごすのみ

海峡のあなたみちのく　降る雪に鬼の白歯も混じりておらん

雨後の花透けて眩し母だけが友人でいてくれた少女期

夢のなか叱る生徒に目鼻あらずはんかくさい物言いはそのまま

シーソーの下に捺《お》された足跡に雨溜まりおり雪を喚《よ》ぶ雨

雨雲に産み落とされる少女らのきれぎれにして倫理を待たず

「わたしゎわるくなぃ」と言い張る一通の手紙あり　まず「わ《吾》」から正さん

海底にちらばる錠剤どこまでもあなたひとりの痛みですから

貧しさがデフォルトであるわたしたち笑えと言われるままに笑うよ

ロールケーキと言いて生徒をふかふかの布団にくるむ芯のさびしさ

つづまりは自分が自分を救うしかないのだ霜柱に耐えながら

冷湿布ひたいにひやり頭痛氏をなだめては保健日誌を綴る

ここで羽休めましょうと海の辺に白き鳥居の二基立ちており

いじめっこの名前わたしに記憶なしあんのんと生きていろよ名無しで

山肌にコンクリートを敷きつめて凍《しば》れた古潭と古潭呼びあう

前略

山笑う午後「これから実験」とメール一行のみのこいびと

ラボラトリィまでの細長き廊下踏む　息づくものを拒む白さの

指先のみがなまめきて見ゆ肩越しに無菌操作を見つめていれば

紫外線ランプ点りぬ　永田和宏の半生を照らし続けしランプ

実験を終えて戻れるひとの手にま白きゴム手袋は垂れたり

血を持たぬ花びらなれど散るきわはきりきりとするアカシアは殊に

実験用マウス殺める手技のこと眠るまぎわにきみは語りき

横縞より縦縞はすこしかなしげに見えてひょろりと父のネクタイ

「気持ち塩を入れます」時のその気持ちよく分からない　白菜しんねり

お茶碗にふっくら笑まう米粒をああ怖れていた少女のわたしは

父に父のわたしにわたしの孤独棲むレモンの果肉をつつむ薄皮

眠れ父　眠剤の銀色の殻を灰皿《アッシュトレイ》に残したままで

猫の舌ざらざらとして少女期のわたしの声をきみは知らない

食パンとなりて眠ればふかふかの憂いが来るか　ふかふか憂う

とちおとめミルクに浸す　こいびとと呼びあう前のあわき肌の香

煮崩れる私から目を逸らしてはなりません（あらゆる時代のわたしへ）

離れ住む朝《あした》の卓に皮膚うすきクロワッサンを互みに置けり

前略と書きだす手紙　略すのは主に恋愛のことです父よ

天上にコンソメスープ注がれて夕暮れあかねさす此処《ここ》彼処《かしこ》

『一匙の海』畢り

跋

加藤治郎

二〇〇五年の晩夏、目白の塩ノ屋旅館の二階だったと思う。もろもろは、もうぼんやりしている。未来賞の選考会だ。未来短歌会という結社の賞である。柳澤美晴が鮮やかに姿を現したのは、その場であった。

定型は無人島かな　生き残りたくばみずから森を拓《ひら》けと　「モノローグ」
塚本邦雄の訃報を告げる青年よシャツの格子のなかの棒立ち　同
SUBWAYのサンドイッチの幾重もの霧にまかれてロンドンは炎《も》ゆ　同
二番目に愛したひとと永遠に暮らすのだろう　塩のない海　同
鉛筆の記憶は悲し　手を得れば「愛されたい」と便箋に告ぐ　同

「定型は無人島かな」という句に、射貫かれた。未来という結社に、こんな牙をもった歌人がいたのか。この詩型への志と野心があからさまだった。決意表明であり、状況への批評がある。インターネットは、歌人たちを甘く曖昧に結びつけていた。短歌は、コミュニケーションだという雰囲気が拡がっていた。わかりあう。そんな簡単に分かり合えるのか。分かり合えないと思うからこそ、短歌という詩型を選んだのではないのか。無人島という暗喩は、曖昧な事象との決別を意味していた。生き残るために、自らこの詩型を拓くのである。

ロンドン地下鉄事故の一首には、重層的な技巧がある。ＳＵＢＷＡＹ、サンドイッチ、霧、ロンドンと風物が縁語として連なる。なおかつ「ＳＵＢＷＡＹのサンドイッチの」が序詞となり「幾重もの」という繋ぎの詞を導き、下句の景に展開している。しかも、地下鉄事故というホットな機会詩なのである。

そして、愛の歌の苦悩と甘やかさを併せもっている。女性であることは疑いようがない。誰なんだ。期待が高まった。受賞が決まり、作者名が開示された。柳澤美晴。私は、声を出した。驚嘆した。柳澤美晴だったのか。野心と技巧の歌人として、その名前は胸に刻まれた。

柳澤美晴との出逢いは、その五年前に遡る。二〇〇〇年の「うたう」（短歌研究社）という歌誌のコンテストで、作品のやりとりを行ったのである。荒々しい作風だったという印象がある。彼女は二十一才だった。

二〇〇三年十月、「未来」に彗星集という選歌欄が開設された。私は選者になった。柳澤美晴は、そのスタートに参加したのである。それ以来、九十五ヶ月、欠詠がない。才能は努力を惜しまないのだ。未来賞受賞以前の初期作品は、歌集には収録されなかった。潔いと言うほかない。

早春のカムイコタンにかかる霧　生家は常に異郷であった　「地図にないみずうみ」

国道に装甲車が走るこの町のひとは笑顔のまま沈黙す　同

満ち潮の函館駅で読み返す付箋だらけの『ルバイヤート』を　同

花びらの奥に扉は蔵《しま》われて人よりも詩が先に死ぬこと　同

まばたきのたびに遠のく樹々があり神威岬《かむい》のはるかなひかり　同

スカートにナイフを隠し持つような感覚がきみと話すときにも　「風の灯台」

眼裏にあふれる虹を告げたくて告げられぬまま抱きあうばかり　同

呼び捨てにする甘やかな声ひとつ灯台として暮らしてみたし　同

論文の反故うずたかく積み上げて研究室は古墳のくらさ　「硝子のモビール」

水底の林を抜けてはつ夏の角しなやかにエゾ鹿が来る　同

痛みだけ覚えていたい夜がある灯台の灯をとおく見つめて　同

Ⅱ部では、第十九回歌壇賞を受賞した「硝子のモビール」までの軌跡が見てとれる。未来賞、短歌研究新人賞次席、歌壇賞というキャリアは目覚ましい。一直線である。が、その間の苦闘は凄まじかった。この詩型への志と技量が高いゆえの苦悩だったと言える。

それは新人賞獲得の問題ではない。短歌という詩型を最も光輝ある言葉で充たすにはどうしたらよいかということである。志と技巧だけでは足りないのだ。柳澤美晴は考え抜いた。いや、戦い抜いた。そして、おそらく或るとき深呼吸したのだろう。言葉と感覚を大いなるものに委ねたとき、自分の命の流れが見えたに違いない。自らの生の根拠に深く関わったとき、詩型への志と技巧は有意になるのだ。

風土を描くことは、生の根源を問いかけることであった。カムイコタンとは、アイヌ語で、神の集落の意味である。象徴的な一首だ。函館に、枕詞風に「満ち潮の」と冠したのは修辞への拘りである。「人よりも詩が先に死ぬこと」は、詩に対する先鋭な批評意識の現れである。作者らしさをいささかも喪っていない。生と言葉が豊かに融合した。無論、日常の雑報ではない。生を詠うことと生活を詠うことは、等しい行為ではないのだ。

愛の歌も深まった。危うい感覚が掬い取られ、直截でありながら、より繊細になった。恋人の像も明瞭になった。柳澤美晴には、短歌の沃野がはっきり見えている。すでに、ゆとりすら感じられるのである。

傷ついてしまう子もいる一枚のガーゼ隔てて交わす言葉に　「包帯」

理科室の机の端に刻まれて「キエロ」の文字の白々と照る　同

親指と距離を隔てる四本の指を悲しむ　まして父親　「血脈」

病巣に実体あらば骨断ちてやるのに金の斧の冷えゆく　同

重ねれば翳るガラス器慰めの言葉は最も父を損なう　同

こだわりを捨てても楽にはなるまいよ林檎の種の断面白し　同

日焼けした父の背中に軟膏の綿雲を置く母のゆびさき　同

ちちのみの父に父たちひしめいてそう無重力に耐えているんだ　同

前略と書きだす手紙　略すのは主に恋愛のことです父よ　「前略」

Ⅲ部は、二〇〇九年以降の作品である。次々とモチーフを狩るすばやさに瞠目する。自在感が増している。職場である学校を詠い、現代の子供たちの実像に迫っている。「キエロ」には、初期の荒々しさが戻っている。

そして、父という主題に行き着いた。生々しい一連である。父の不如意を全身で受け止めようとしている。作品は、作者の父に留まらない。現代の父という存在に詩の矢は射られている。「無重力」という捉え方は、辛辣であり、優しい。「前略と書きだす手紙」は、様々な試行の果ての私信のようなものだ。手放しの、ほっとする言葉である。が、ここで長く休息することはあるまい。明日への出発の予感がある。

二〇一一年七月三日

新装版あとがき

歌歴でしか私を知らないひとには、私は幸福な船出をした歌人に見えるかも知れない。だが、『一匙の海』を上梓してからこれまで歌を捨てることを幾度も考えた。

ありがたいことにこの歌集は、北海道新聞短歌賞、現代短歌新人賞、現代歌人協会賞の三賞を受賞し、それによって私は歌人として歩み出すことができた。けれど、光が強ければ、その分、影もまた濃くなる。幾つかの事象により心が疲弊し、神経が摩耗し、いつしか詠むことはおろか歌を読むことにさえたまらない苦痛を感じるようになった。

一首一首が鋭利な刃物に見えるようになるに至って私は同窓の西勝洋一先生に、歌をやめるつもりだと打ち明けた。先生は静かな眼差しで私の訴えを受け止めてくれた。

そして、少しして、「せっかく機会を与えられたんだから、もう少し頑張ってみたらどうだ」と云った。その一言ですぐに前向きになれたわけではない。しかし、気持ちは幾分軽くなった。

また、これまで私は短歌にまつわる事象に悩み、苦しめられてきたが、創作に倦んだわけでも嫌いになったわけでもなく、まして手放したいと思っていないのだということに気がついた。心の声に従って行けるところまで行こう。自らにそう誓いを立てた。

ちょうど、一旦はやめた教職に復帰し、人生の再構築に必死になっていたという私事の煩瑣もあって、以後、数年、歌の世界とは距離を置いて過ごした。そのせいで短歌の流行にはてんで疎くなった。けれど、自分らしい歌とはなにかを静かに考える時間的、空間的ゆとりを得ることができたのはありがたかった。創作者にとって孤独は時に素晴らしい友となる。

ただ、この間にも北海道の中川町での年一回の短歌教室は続けていた。また、齋藤茂吉の次兄である守谷富太郎が拓殖医として本町に住んでいたことをきっかけに開催されるに至った「斎藤茂吉記念中川町短歌フェスティバル」にも選者として関与していた。『一匙の海』刊行と前後して始まったこの中川町との関わりを取りもってくれたのも西勝先生だった。いずれ私が歌をやめたいと云い出すことを見越してあらかじめ楔を打ったのかも知れない。この賞は私と短歌の臍帯となっただけではなく、歌の選とはいかにあるべきかの指針となり、かつ、歌人としての成長を促してくれるものともなった。

この他にも西勝先生は、「歌集を読む会」や地元旭川の結社「かぎろひ」の歌会に折にふれて誘ってくれた。また、「旭川歌人クラブ」の大会では講師として発表の機会を与えてくれるなど、常に温かい眼差しで私を包んでくれた。西勝先生と出会わなかったら、そして、先生が結んでくれた縁がなかったら、今の私はいない。

しかし、歌の世界においては私と先生との関係は決して特別なものではない。人と人との精神的な支え合いと学び合いとが千年以上もの長きにわたってこの小さな詩型を守り、育ててきたのである。

実生活の安定にともなって歌に対する意識も少しずつ上向いてきた。その内、「全国高等学校文芸コンクール」の短歌部門の選者の話をいただき、審査会と授賞式で年二回、東京に行く機会を得た。その折に本阿弥書店を訪問し、奥田洋子編集長をはじめ、安田まどかさん、松島佳奈子さんから温かい励ましの言葉をいただいたことも歌作を続ける力となった。

そして、二〇二〇年には松川洋子先生、足立敏彦先生の後を引き継ぐ形で北海道新聞「日曜文芸」短歌欄の選者に就任した。これは勿論、『一匙の海』で北海道新聞短歌賞を受賞した縁による。

幼い頃から読み親しんできた北海道新聞で短歌の魅力を伝える役を担うことができるのはとても嬉しく、父母はじめ家族もとても喜んだ。

また、初学者の時分から私を気にかけ、「太郎と花子」での執筆を通して私の文章力を伸ばしてくれた松川先生の後任であることを光栄に思った。北海道新聞短歌賞の選考委員として私を評価してくださった時田則雄先生と共に選者を務められることも大いに励みになっている。かつ、早い段階から私の短歌に温かい批評をくださった田中綾先生のコラムと同じ紙面に載るというのも心の張り合いとなった。

歌によって私は創作の苦しみを知り、孤独を味わい、精神に深い傷を負った。だが、歌がなければ私の世界は冷たく閉ざされたままであったろう。歌があったからこそ見えた地平があり、出会えた人がいると今なら云える。

人生の挫折と歌の世界での行き詰まりとが折悪しく重なったせいもあるが、歌人として生きる、そう決意するまでずいぶん時間がかかった。戦略的撤退などと格好つけるわけではないが、しかし、私が真の意味で人生に目覚めるためには必要な時間であった。

気づけば、『一匙の海』を出してから十年近い月日が経っていた。なんて暢気に構えていたことかと我ながら呆れる。しかし、昔からなにを為すにも人より時間のかかる子どもだったから仕方ない。急いで大切なものを取りこぼすよりも、ゆっくりでも着実に歩みを進める方がいい。その方が私らしい。

ようやく第二歌集に向けての気持ちが整い、その体裁の参考にしようと『一匙の海』を手にとった。辛い過去を思い出させるこの歌集を私は長い間遠ざけていた。頁をめくると、若書きの、技術的に拙いところの残る歌や青くさい述志の歌、直球の相聞歌がつぎつぎと目に飛びこんできた。一首ごとに羞恥心に見悶えし、『一匙の海』を読み終わる頃にはぐったりしていた。

心の折れやすい私はこのことをすぐにきょうだいにメールした。すると、兄には、「そういう感覚分かるよ。俺も仕事であるよ」となだめられ、妹には、「その時はそんな感じだったたってことでいいと思うよ。成長してるってことだと思うから」と慰められた。おかげで、気持ちがまた上向きになった。単純である。

過去作の粗が見えるというのは、妹が云うように選歌眼が育った証拠だろうと楽観的に考えることにして読み直してみると、自分なりの歌柄を確立しようと悪戦苦闘した跡がそこかしこに窺えてほほえましく思えてきた。また、詠んだことを忘れている歌も多く、新鮮な眼で眺めることができた。修辞の切れ味のよさや行間から立ち上がる北海道の風土性などは今の自分の目で見ても評価できる。

文体の熱量の高さも、濃厚な感情の表出も、切実な声調も若さゆえと思えばなべて愛おしく、時分の花のうつくしさは紛れもない。

歌人としての出発点となったこの歌集を悲しい記憶の鋳型にとどめておくのを憐れに思った。最近、歌を始めた人の中にはこの歌集の存在を知らない人もいるだろう。ならば、新たな読者との出遭いのためにも『一匙の海』の新装版を出そうという案が脳裏に閃いた。

そうと心を決めるや、奥田編集長にその旨を打ち明け、新装版出版の話を進めるとともに、師である加藤治郎先生に電話した。新装版の件について話すと、それはいいと賛同の意を示してくれた。ついては、以前、お書きいただいた跋文を新装版にも収録させていただけないかお願いしたところ、かまわないよと快く承諾してくださった。

ここ数年、私は休会という形で未来短歌会の活動から退いていた。それに伴って加藤先生との交流も途絶えていたが、先生の昔日と変わらぬ温かい気遣いにみちた言葉の数々をありがたく思った。ご厚情にこたえるために、新装版について納得のいく形で読者に届けようという決意が固まった。

さて、歌集の構成自体を変えることができない分、装幀によってイメージの刷新をはかりたいと思い、杉山健太郎さんに装幀をおまかせすることにした。題字の書体など細部にまで神経のゆき届いたデザインをされる方なので、この歌集にも新鮮な息吹を与えてくれるものと信じている。

更に、遊び心の効いた仕掛けを施したいと考え、歌を浄書した原稿用紙を装幀に生かしてもらうことを思いついた。と云っても自筆ではなく妹の上の娘による代筆だ。以前、旭川文学資料館の展示に寄せる色紙を書いたところ、それを見た姪が私の字の拙さに呆れ、「今度、なにかあったら私がかわりに書いてあげるから」と申し出てくれたので、この機会に頼むことにしたのだ。繊細で神経質で潔癖で硬質な、いかにも思春期の少女らしい筆蹟。作中主体のイメージを補強してくれる筆蹟であると思っている。また、これによって集中の「血脈」という連作の輪郭がくきやかになることを期待する。

原稿用紙は市立小樽文学館で二十年前にもとめた品である。小樽の中学校で臨時採用の教員として勤めていた時分には仕事の帰りがけによくここに寄ったものだ。この原稿用紙についてはこんな逸話がある。中学校での任期切れに伴い、引っ越すことになり、トラックに荷を積んだその足で両親を文学館に案内した。すると、ちょうどその日は中井英夫の晩年の助手をつとめた本多正一さんの講演会の日にあたっていた。学芸員のすすめで急遽、講演会に参加したところ、なんと作家の三浦しをんさんがその場に居合わせた。本多さんは、当時、新進気鋭の作家だった三浦さんを「今、最も芥川賞に近い作家です」と聴衆に紹介した。講演会終了後、「これからランチを食べに行くからよかったらご一緒しませんか」と誘われて、なんと私達家族は、本多さん、三浦さんを含めた数人とひとつのテーブルを囲むことになった。原稿用紙には、この時に本多さんと三浦さんにしたためていただいたサインが残っている。今回、この原稿用紙の使用を許可してくださった市立小樽文学館の方に感謝したい。

しかし、この後に三浦さんがストーリーテラーとしての才能を開花させ、『まほろ駅前多田便利軒』で第一三五回直木三十五賞を受賞し、今はその選考委員を務めていることを考えると、隔世の感を禁じ得ない。

かように、『一匙の海』新装版は、様々な物語をはらんだ歌集であると云える。

私の強いこだわりを汲んで丁寧に歌集作りをしてくださった奥田洋子さん、松島佳奈子さんに改めて感謝を述べたい。特に、奥田さんは歌壇賞を受賞した頃から私に目をかけてくれ、雑誌「歌壇」で歌や評を発表する機会を通して私の才を伸ばしてくださった。厚くお礼を申し上げたい。

弱い私の心を支え、私生活のみならず歌の相談にのってくれる家族や親戚にもこの場を借りて「ありがとう」と伝えよう。

『一匙の海』を上梓した十三年前、私は自信のなさから大切な意思決定の局面でも他人に、他人の価値観に舵を委ねていた。私はひとりで立つことができない人間だと、自分で自分に呪いをかけていたのだ。だが、自分には人生という荒波を乗りこなす力があることを今の私は知っている。

この歌集には、処女航海の迷い、不安、戸惑い、そして詠う喜びがいっぱいに詰まっている。同じような思いを抱えたあなたの心にうつくしい水紋を残せたなら、これほど嬉しいことはない。

柳澤美晴

二〇二四年六月三十日

本書は二〇一一年八月に小社より刊行した
歌集『一匙の海』を、新装版としたものです。

著者略歴

柳澤美晴（やなぎさわ・みはる）

1978年　北海道旭川市生まれ
2001年　未来短歌会入会
2006年　「モノローグ」で2005年度未来賞受賞
　　　　「WATERFALL」で第49回短歌研究新人賞次席
2008年　「硝子のモビール」で第19回歌壇賞受賞
2011年　第一歌集『一匙の海』上梓。『一匙の海』にて第26回北海道新聞短歌賞、第12回現代短歌新人賞、第56回現代歌人協会賞受賞
2012年　下川町文化奨励賞受賞
現在、北海道新聞「日曜文芸」短歌欄、斎藤茂吉記念中川町短歌フェスティバル、全国高等学校文芸コンクール短歌部門において選者を務める

新装版歌集　一匙《ひとさじ》の海《うみ》

二〇二四年九月十二日　初版

著　者　柳澤　美晴
発行者　奥田　洋子
発行所　本阿弥《ほんあみ》書店
東京都千代田区神田猿楽町二―一―八
三恵ビル　〒一〇一―〇〇六四
電話　〇三（三二九四）七〇六八

印刷・製本　三和印刷（株）

定　価　一九八〇円（本体一八〇〇円）⑩

ISBN978-4-7768-1695-9 C0092(3411)